쿵!
안개초등학교

글 보린

이야기를 좋아합니다. 어린이와 청소년을 위한 이야기를 주로 쓰고 있습니다. 2009년 『뿔치』로 '푸른문학상 미래의작가상'을 받으며 작가가 되었습니다. 지은 책으로는 동화 『귀서각』 『컵 고양이 후루룩』 『고양이 가장의 기묘한 돈벌이』 『쉿! 안개초등학교』 『새콤 달콤 브로콜리』 『초도리와 말썽 많은 숲』, 청소년소설 『살아 있는 건 두근두근』 『큐브』, 그림책 『100원짜리만 받는 과자 가게』 등이 있습니다.
instagram.com/vorinnne/

그림 센개

만화와 그림을 그립니다. 만화 『Go Bananas』와 『못 잡아먹어 안달』을 연재했고 『지역의 사생활 99: 남해』를 비롯해 여러 만화 상품 제작에 참여했습니다. 동화 『별빛 전사 소은하』 『레벨 업 5학년』 『쉿! 안개초등학교』 『신기한 맛 도깨비 식당』 『설전도 수련관』 『우리 할머니는 사이보그』 등에 그림을 그렸습니다.

쿵! 안개초등학교 ❷ 쿨룩쿨룩 감기 인형

2025년 2월 14일 초판 1쇄 발행

지은이 보린 ◆ 그린이 센개
펴낸이 염종선 ◆ 책임편집 한지영 ◆ 디자인 반서윤 ◆ 조판 박아경 ◆ 펴낸곳 (주)창비
등록 1986. 8. 5. 제85호 ◆ 제조국 대한민국 ◆ 주소 10881 경기도 파주시 회동길 184
전화 031-955-3333 ◆ 팩스 031-955-3399(영업) 031-955-3400(편집)
홈페이지 www.changbi.com ◆ 전자우편 enfant@changbi.com

ⓒ 보린, 센개 2025
ISBN 978-89-364-4885-1 73810

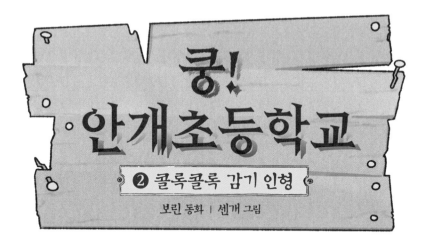

쿵!
안개초등학교

❷ 콜록콜록 감기 인형

보린 동화 | 센개 그림

달 없는 낮, 해 없는 밤

문 닫아라, 도깨비 온다

들들 드르르

엄마 없는 아이

아이 없는 엄마

으엉으엉 우는 소리

울지 마라 울지 마라

도깨비 따라 온다

도깨비 따라 운다

놀라지 마시라, 안개초등학교에는 과거에 갔다 온 아이들이 있다. 묘지우유조마조마또, 나름대로 유명한 애들이라 어쩌면 들어 봤을지도 모른다. 애들은 언제나 같이 다닌다. 점심시간에도, 집에 갈 때도, 심지어 과거로 갈 때도, 떡꼬치의 떡들처럼 붙어 있다.

먼저 '또'. 도래오는 원래 연예인이었다. 웃으면 얼굴에

서 빛이 나는데, 그 웃음은 과거에서도 통하는 모양이다. 도래오가 활짝 웃어 보이면 먼 과거, 다른 시대에 살고 있던 낯선 사람들도 슬그머니 마음을 연다. 도래오는 언제 어디서나 인기다.

다음 '우유'. 우유주는 우리 반 반장이다. 얘는 강심장, 아니 쇠심장이다. 오십 년 전 세상에 떨어져도 허둥대지 않는다. 하늘에서 불 단지가 쏟아져도 침착하게 상황을 살핀다. 또 아는 것도 많다. 언제 무슨 일이 있었는지, 역사 속 일들도 척척 알려 준다.

그리고 '묘지'. 묘지은은 반쪽짜리 아이, 반쪽이다. 비어

있는 반쪽에 걸핏하면 이상한 것들이 들러붙는다. 과거로 가게 된 것도, 과거에서 넘어온 이상한 것들이 들러붙어서다. 있는 듯 없는 듯 조용히 학교생활을 하고 싶지만 마음대로 안 된다. 이리저리 휘둘리다 결국 친구들까지 거기 휘말리고 만다. 그래서 묘지은은 친구들을 볼 때마다 미안한 마음이 든다. 근데 그런 애가 어디 있느냐고? 바로 여기 있다, 나.

마지막은 '조마조마'. 조마구는 혼나면 몸이 커지고 힘이 세지는 애다. 근데 진짜 애가 맞긴 맞나? 모르겠다. 묘지우유조마조마또가 과거로 가게 된 까닭도 따지고 보면 애 때문이다. 조마구는 한번씩 옛날 물건을 학교에 가져온다. 그럼 거기서 이상한 게 튀어나와 온 학교를 휘젓는다. 그걸 해결하려면 다 같이 과거로 가는 수밖에 없다. 이상한 점은 과거로 간 조마구가 마치 그때를 살아 본 사람처럼 군다는 것이다. 어디에 뭐가 있는지, 무슨 일이 벌어질지도 훤히 안다. 그런데 말이다, 귀신도 도깨비도 아닌 사람이 어떻게 그렇게 오래 살 수 있지?

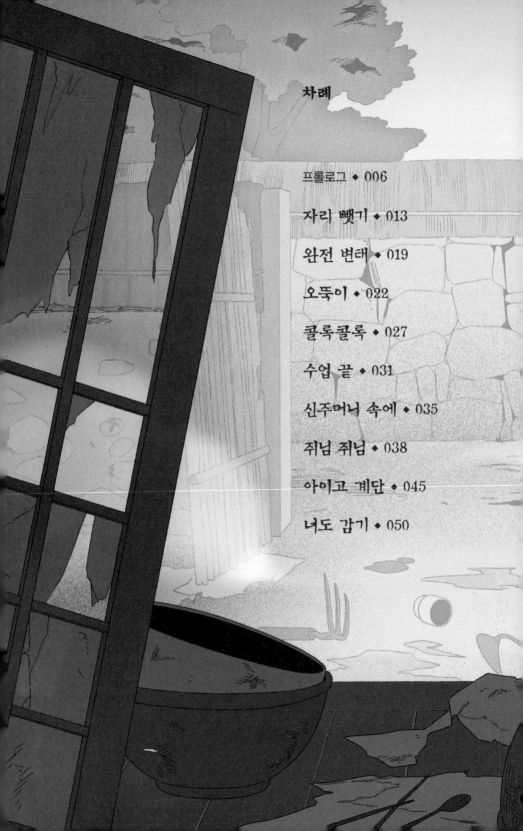

차례

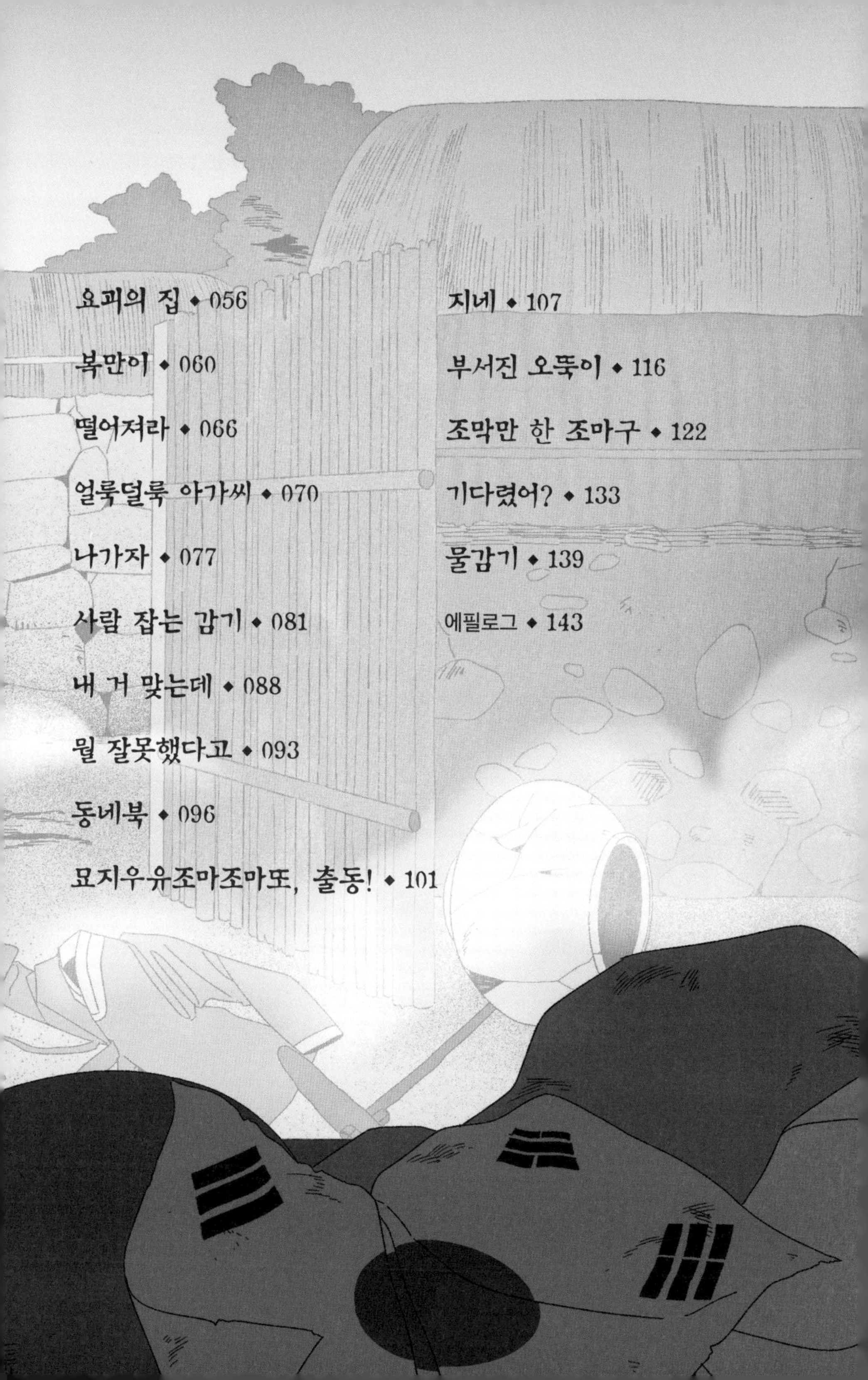

■ 주의

무서운 장면이 나올 수 있습니다.
오른쪽 아래에 별 모양(   )이 있으면
마음의 준비를 하고 책장을 넘기세요.
물론 전혀 겁이 나지 않는다면
신경 쓰지 않아도 됩니다.

진짜 같아….

징그러워.

뭐가 나올 거 같아….

알, 애벌레, 번데기, 어른벌레.
곤충은 자라면서
모습이 완전히 바뀌어요.
완전 변태, 완전 탈바꿈이라고
하죠.

하지만 사람은
모습이 크게 바뀌지 않아요.
여러분도 그럴 거고요.

완전 변태

쉬는 시간이 되자마자 도래오가 조마구 앞에 벌떡 섰다.

"너야말로 완전 변태잖아!"

조마구도 일어나 도래오를 마주 보았다.

"난 아닌데. 완전 변태는 너다, 도래오야."

"그래?"

도래오가 조마구 앞에 사진을 들이밀었다. 귀퉁이가 너덜너덜한 흑백 사진이었다. 두 손으로 인형을 움켜쥔 채, 흙바닥에서 입을 크게 벌리고 우는 아기가 찍혀 있었다.

"이 아기가 조마구 너라고?"

"맞다."

도래오가 콧방귀를 뀌었다.

"난 눈썹이라도 닮았거든. 근데 넌 하나도 안 닮았어! 얜 콧잔등에 흉터도 있잖아."

조마구가 새까만 눈동자로 사진을 뚫어져라 보았다.

"흉터는 크면서 없어진 거다. 아무리 봐도 나랑 똑 닮았다. 안 그러냐, 묘지은아?"

묘지은은 사진을 보고 조마구를 보았다. 조마구를 보고 사진을 또 보았다. 하나도 안 닮았다. 오히려 아기가 들고 있는 인형이 더 조마구를 닮은 것 같았다.

"으음……."

묘지은이 대답하지 못하자 도래오가 깐족댔다.

"거 봐, 묘지도 말 못 하잖아? 안 닮았으니까 그렇지."

조마구가 묘지은을 보았다.

"진짜냐?"

묘지은은 거짓말을 잘 못했다.

"응."

조마구가 이번에는 우유주를 보았다. 유주가 고개를 젓고는 어깨를 으쓱했다.

"미안하지만 하나도 안 닮았어. 근데 이거 엄청 옛날 사진이잖아. 너희 할아버지 사진 아냐?"

조마구가 분통을 터트렸다.

"내 사진이다! 내 사진 맞다! 딱 기다려라! 증거 가져올 테니까."

그러고는 벌떡 일어나 교실 밖으로 나가 버렸다.

오뚝이

묘지은은 텅 빈 옆자리를 걱정스레 보았다.

'대체 어딜 간 거야?'

수학 시간인데, 조마구 책상에는 무당벌레 한살이가 그려진 과학책이 펼쳐져 있었다.

'어?'

들썩.

묘지은은 눈을 비볐다. 책이 움직인 것 같은데…….

들썩.

진짜로 움직였다.

달그락.

소리도 났다.

달그락.

보지 않으려 해도 저절로 눈길이 갔다. 달그락 소리에 맞추어 책장이 들썩인다. 불길한 예감이 들었다. 오싹하고 섬뜩한 일이 일어날 것 같은 느낌. 못 본 척하자. 무시해. 묘지은은 생각했다. 하지만 너무너무 궁금해 견딜 수가 없었다.

'뭐가 있는 거지?'

묘지은은 침을 꼴깍 삼키고는 조심스러운 손길로 잽싸게 책장을 넘겼다.

'응?'

조마구가 가져온 흑백 사진이 책장 사이에 끼어 있었다. 그게 다였다. 허탈하고도 마음이 놓였다. 동시에 찜찜하기도 했다.

'정말 이게 다라고?'

묘지은은 책장을 덮으려다 멈칫했다. 다시 보니 뭔가 이

상했다.

'이게 뭐야? 인형이 왜 여기 있어?'

아까 봤을 때는 분명히 아이 손에 있었는데 지금은 바닥에 있다. 자리를 옮겼어? 설마……. 묘지은은 인형을 들여다보았다. 동그란 몸통 위에 동그란 머리, 얼굴에는 까만 눈동자와 빙그레 웃는 입이 그려져 있었다. 이제 보니 오뚝이 인형이었다.

그때 기우뚱, 사진 속 오뚝이가 움직였다.

달그락.

그 소리다.

묘지은은 교실을 둘러보았다. 우유주는 필기를 하고 있었다. 도래오는 지우개 탑을 쌓는 중이었다.

달그락 달그락 달그락.

오뚝이는 갸우뚱거릴 때마다 소리를 냈다. 다른 아이들은 이 소리를 듣지 못한다. 묘지은한테만 들리고, 묘지은한테만 보이는 것들이 있다.

묘지은은 한숨을 쉬었다.

'또야……'

걸핏하면 이런 이상한 일이 일어났다. 묘지은한테는 딴 세상에서 넘어온 것들이 보이고 들렸다.

달그락 달그락 달그락.

묘지은이 보고 있는 동안에도 사진 속 오뚝이는 쉬지 않고 나아갔다. 사진 가장자리로 가까이, 더 가까이 다가왔다. 묘지은은 과학책을 덮고 앞을 보았다.

달그락 달그락 달그락.

칠판만 보려고 엄청 애를 썼다. 하지만 참지 못하고 돌아본 순간, 눈이 마주쳤다. 책장 사이에서 고개를 내민 오뚝이 인형이 묘지은을 보고 히죽 웃었다.

53

콜록콜록

묘지은은 반쪽이었다. 세상에는 가끔 그런 아이가 태어
난다고 한다. 보름달 같은 온쪽이 아니라, 반달 같은 반쪽
짜리 아이.

반쪽이는 딴 세상에서 넘어온 것들한테 인기였다. 이 세
상에서 쫓겨나기 싫어서 남은 반쪽에 들러붙는다. 애착 인
형이나 쉼터라도 되는 것처럼. 그래서 연기 나는 아이가, 깔
깔 웃는 알이, 발만 남은 발이 묘지은을 졸졸 따라다녔다.

그런데 오뚝이는 달랐다. 저 혼자 교실 안을 돌아다녔다.
손도 발도 없는데 잘도 갔다. 벽이든 바닥이든, 책상다리든

의자 등받이든, 딱 붙어서 어디든 갔다.

　뭘 찾는 걸까? 이 자리 저 자리 기웃거리던 오뚝이가 김도훈 자리에서 멈추었다. 김도훈 코 밑에 자리를 잡더니 위를 가만히 올려다보았다. 까만 선으로 그려 넣은 입이 짝 벌어졌다.

　'놀자!'

　벌어진 입에 아기처럼 위아래로 두 개씩 돋은 하얀 이가

보였다. 오뚝이는 김도훈을 빤히 보며 옹알옹알하더니, 짭짭 입맛을 다셨다. 그러고는 작은 혀를 날름 내밀어 입술을 싹 핥았다.

팔에 와르르 소름이 돋았다. 묘지은은 왠지 보면 안 되는 장면을 본 듯한 기분이 들어 얼른 고개를 돌렸다. 그 순간 콜록콜록 작은 기침 소리가 들려왔다.

"집중, 집중!"

선생님이 칠판을 탁탁 두드렸다. 묘지은 눈은 칠판을 보았지만, 묘지은 귀는 오뚝이한테 가 있었다. 보지 않아도 소리가 들렸다.

달그락달그락, 콜록콜록.

김도훈 책상에서 내려간 오뚝이는 이리저리 옮겨 다녔다. 하필 조마구가 없을 때, 조마구 사진에서 저런 게 튀어나오다니. 조마구는 묘지은이 보는 건 다 보고, 묘지은이 듣는 것도 다 들었다. 그리고 그런 것들을 조금도 무서워하지 않았다.

'조마구…… 언제 오지?'

그러나 조마구는 오전 내내 돌아오지 않았다. 그리고 콜록콜록 기침 소리가 온 반에 퍼져 나갔다.

"선생님, 저 감기 걸린 것 같아요!"

한 애가 손을 들자, 다른 애들도 손을 들었다.

"저도 기침 나요."

"전 콧물도 나요."

수업 끝

지독한 감기가 돌았다. 보통 감기가 아니었다. 감기가 퍼지자 세상이 문을 닫았다. 학교도 닫고, 문방구도 닫고, 놀이터도 닫았다. 문이란 문은 다 걸어 닫고 모두 꼼짝없이 집에 갇혀 있어야 했다. 그래서 다들 감기라면 펄쩍 뛰었다.

선생님은 기침하는 애들을 모두 집에 보냈다. 하지만 기침 소리는 멎지 않았다. 당연했다. 범인은 오뚝이였으니까.

달그락달그락, 콜록콜록.

다른 사람들은 오뚝이도, 달그락거리는 소리도 알아채지 못했다. 하지만 오뚝이가 내는 기침 소리는 들었다. 그래서 기침하는 아이들을 모조리 집에 보내도, 교실 어디에선가 기침 소리가 났다.

선생님은 아이들 모두에게 마스크를 나누어 주었다. 그 와중에 기침하는 아이들이 하나둘 늘어났다.

'오뚝이가 아이들한테 감기를 옮긴 걸까?'

쉬는 시간이 되자, 묘지은은 청소함에서 빗자루와 쓰레받기를 챙겨 3모둠 쪽으로 갔다. 굼뜬 묘지은이라도 기우뚱거리는 오뚝이보다는 빨랐다. 묘지은은 오뚝이를 잽싸게 쓸어 담아 신주머니에 넣었다. 도래오가 물었다.

"묘지, 너 뭐하냐?"

도래오는 눈을 둥그렇게 뜨고 이쪽을 보고 있었다. 구경꾼이 하나둘이 아니었다. 우유주도 있었다.

"뭐, 뭐가 떨어져 있어서……."

묘지은 얼굴이 빨개졌다. 누군가 눈치 없이 물었다.

"근데 왜 신주머니에 넣어?"

"그냥…… 그냥 버리면 안 되는 거라서……."

어찌어찌 대답은 했지만, 손바닥에서 땀이 났다.

우유주가 다가와 팔짱을 끼며 소곤거렸다.

'또 뭔가 나왔어?'

살짝 고개를 끄덕인 것만으로도 우유주는 알아들었다.

'이따 공동묘지에서 만나자.'

쉬는 시간이 끝나고 담임 선생님이 교실로 돌아왔다.

"수업 끝. 감기 걸린 사람이 많아서, 임시 휴교다."

선생님은 친구들하고 놀지 말고, 학원도 가지 말고, 바로 집으로 가라고 몇 번이고 말했다.

묘지은은 가방을 메고 신주머니를 챙겼다. 달그락달그락 콜록콜록. 주머니에서 나는 소리를 애써 모른 체하며 운동장으로 내려가는데, 누군가가 지나가며 말했다.

"야, 그쪽으로 가지 마. 묘지 기침한다."

묘지은은 흠칫하며 신주머니를 끌어안았다. 그런데 팔을 움직인 순간 달그락, 소리가 났다. 언제 밖으로 나왔는지 묘지은 소매 끝에 대롱대롱 오뚝이가 매달려 있었다.

신주머니 속에

묘지은은 오뚝이를 얼른 다시 집어넣고 신주머니 지퍼를 단단히 채웠다.

하지만 그건 그때뿐이었다.

콜록콜록. 신주머니에서 기침 소리가 났다.

우유주와 도래오, 두 사람 다 묘지은한테 이상한 게 꼬인다는 걸 알았다. 우유주가 신주머니를 내려다보더니 아무렇지 않게 물었다.

"이번엔 뭐야?"

하지만 도래오는 짜증을 감추지 못했다.

"왜 또? 이번엔 또 뭐가 들러붙었어?"

아주 속이 상한 표정이었다.

"누가 기침하는 거야? 나도 아니고, 묘지도 아니고, 우유도 아니고."

묘지은이 대답했다.

"조마구 사진 속에 있던 오뚝이 인형이 밖으로 나왔어."

"그, 그게 어딨는데?"

도래오가 딸꾹질을 했다.

"신주머니 속에."

묘지은은 신주머니를 들어 보였다.

콜록콜록.

오뚝이는 신주머니 속에서 잠시도 가만있지 않았다.

달그락달그락.

쉬지 않고 기우뚱거리며 틈을 벌렸다. 그러고는 네 개밖에 없는 이로 지퍼 가장자리를 앙 물고는 머리를 밖으로 쑥 내밀었다.

'놀자! 놀자!'

오뚝이의 동그란 머리는 두더지잡기 게임의 두더지처럼 밀어 넣어도 나오고, 밀어 넣어도 다시 나왔다. 1층까지 내려오는 동안 몇 번을 반복했는지 모른다.

묘지은은 더는 견딜 수가 없었다.

"조마구한테 따져야겠어."

묘지은은 소심한 아이였지만, 묘지은 입은 할 말은 하는 입이었다.

쥐님 쥐님

조마구한테 따지려면 조마구를 찾아야 했다.

묘지은과 우유주, 도래오는 학교 뒷마당에 있는 공동묘지로 갔다. 치렁치렁 잎을 늘어뜨린 버드나무 아래 으슥한 곳. 공동묘지에는 목 잘린 쥐, 쥐님이 묻혀 있었다. 궁금한게 있으면 쥐님한테 물어보면 된다. 쥐님은 모르는 게 없었다.

세 사람은 우산을 들고 버드나무 밑에 섰다. 우유주가 도래오를 빤히 쳐다보았다. 도래오가 짜증을 냈다.

"뭐? 왜? 조마구가 사라진 게 나 때문이라는 거야? 개가 먼저 놀렸거든?"

도래오는 억울하다고 투덜대면서도 선뜻 버드나무 밑에 쭈그리고 앉았다. 묘지은과 우유주는 우산을 받쳐 주었다. 도래오가 젖은 흙을 긁어 흙무덤을 쌓아 올렸다. 흙이 찐득찐득해서 무덤 만들기가 쉬웠다. 도래오가 버들잎을 주워 입김을 후후 불어 넣은 다음 무덤 꼭대기에 꽂았다.

"쥐님, 쥐님, 목 없는 쥐님, 조마구는 학교에 있나요?"

잎이 그대로 서 있으면 '아니오', 반으로 꺾이면 '예'였다. 꼿꼿이 선 버들잎을 보고 우유주가 말했다.

"학교에 없나 봐. 집에 갔나?"

도래오가 어깨를 으쓱하더니 다시 물었다.

"쥐님, 쥐님, 목 없는 쥐님, 조마구는 우리 동네에 있나요?"

두 번째 질문에도 버들잎은 그대로였다.

서울, 경기도, 제주도, 부산, 대전……. 도래오는 자기가 아는 도시 이름이란 이름은 다 넣어서 물었다. 하지만 쥐님의 대답은 모두 '아니오'였다.

설마……. 묘지은이 무덤 앞에 쭈그리고 앉았다.

"쥐님, 쥐님, 목 없는 쥐님, 조마구는 대한민국에 있나
요?"

버들잎은 끝내 꼿꼿이 서 있었다. 도래오가 눈을 끔뻑
였다.

"조마조마, 설마 외국 갔나?"

"말도 안 돼. 어떻게 벌써 외국까지 가?"

"우유 너, 쥐님이 거짓말을 했다는 거야?"

"쥐님도 틀릴 수 있잖아. 세상에 완벽한 게 어딨어?"

"아니거든. 쥐님은 틀린 적이 없거든."

도래오가 묘지은을 돌아보았다.

"묘지, 넌 어떻게 생각해?"

우유주도 묘지은을 보았다.

"어떻게 생각해?"

"어, 그……."

갑자기 눈길이 몰리자, 묘지은은 당황했다. 어쩔 줄 몰라 우물쭈물하는데 문득 좋은 생각이 났다.

"있잖아, 과학 선생님한테 나침반 빌리면…… 조마구 찾을 수 있지 않을까?"

과학 선생님은 신기한 나침반을 갖고 있었다. 손에 쥐면 가야 할 방향을 알려 주는 나침반이었다.

우유주는 과학 선생님이 666차원에서 온 외계인이라고 철석같이 믿었다. 그럴 만도 했다. 과학 선생님은 별별 이상한 걸 다 알았다. 『아찔한 생물 도감: 666차원의 기묘한 생물 총출동』이란 책까지 썼다.

그런데 한발 늦었다.

"나침반? 너희 친구가 빌려 갔는데. 그 까무잡잡하고 눈 커다란 애 말이야."

하필 조마구가 나침반을 빌려 간 것이다. 과학 선생님이 아이들한테 수건을 던져 주며 말했다.

"근데 나침반은 왜?"

우유주와 도래오가 수건으로 몸을 닦으며 대답했다.

"조마구가 사라졌어요. 3교시 끝나고 나가서는 안 돌아와요."

"우리가 찾으러 가려고요!"

"근데 왜 굳이 나침반으로 찾아? 주머니 속에 든 애를 풀어놔. 콜록거리는 개 말이야. 그럼 알아서 조마구를 찾아갈 거야."

과학 선생님이 신주머니 위로 오뚝이를 콕 집었다. 묘지은은 머뭇거렸다.

"기침하는데……. 감기 옮기면 어떡해요?"

벌써 감기 옮은 아이들이 여러 명이었다. 묘지은 말에 과학 선생님이 귀에 꽂고 있던 펜을 건네주었다.

"걱정되면 이걸로 마스크라도 그려 넣을래?"

"제, 제가요?"

"너 아니면 누가 해? 걜 만질 수 있는 건 너뿐인데."

묘지은은 한껏 숨을 들이마시고는 신주머니에서 오뚝이

를 꺼냈다. 콜록콜록 기침하던 오뚝이가 얼굴에 볼펜을 갖다 대자, 딱! 하고 이를 부딪쳤다. 묘지은은 놀라서 오뚝이를 놓칠 뻔했다.

딱! 달그락! 딱! 달그락! 딱! 달그락!

오뚝이는 몸을 흔들며 볼펜을 물어뜯을 듯이 이를 딱딱거렸다. 묘지은은 오뚝이 입을 피해 펜을 움직였다. 손이 달달 떨렸지만 끝내 마스크를 그려 넣었다. 그러자 마치 진짜로 마스크를 쓰기라도 한 듯 기침 소리가 뚝 그쳤다.

아이고 계단

과학실을 나오니 학교는 텅 비어 있었다. 도래오와 우유주가 묘지은을 지키듯이 둘러쌌다. 묘지은이 1층 복도에 오뚝이를 내려놓자, 오뚝이는 곧장 어디론가 가기 시작했다. 가야 할 곳을 아는 듯이 아기뚱아기뚱, 느리지만 착실하게 움직였다. 급식실을 지나, 음수대를 지나, 화장실을 지나, 준비물실을 지나갔다. 그리고 지하로 내려가는 파란 계단으로 갔다.

묘지은은 침을 삼켰다. 안개초등학교의 계단은 다 회색이다. 하지만 딱 한 군데, 칠이 벗겨진 파란 계단이 있었다.

아이고 계단이었다. 비 오는 날 4시 44분, 계단을 한 칸에 한 발씩만 걸어 내려가면…… 열세 번째 발을 디딜 때 계단에서 아이고 아이고 울음소리가 들린다는 소문이 돌았다.

아이들은 이 파란 계단 근처에는 얼씬도 안 했다. 소문도 소문이었지만 으스스했다. 불이 켜져 있는데도 이상하게 어두웠고, 전등이 깜빡거릴 때면 공포 영화에 나오는 장소가 따로 없었다.

오뚝이가 계단 입구에서 멈추었다. 도래오가 어두컴컴한 계단 밑을 내려다보며 애원했다.

"안 돼, 안 돼, 그쪽으로 가지 마."

그때 오뚝이 머리가 뱅그르르 돌아 묘지은을 보았다. 입꼬리가 마스크 밖까지 삐죽 튀어나왔다. 웃는 건가 하는 순간, 오뚝이는 그대로 아이고 계단 아래로 굴렀다.

우유주가 한 걸음 계단을 밟고 내려가 힐끗 도래오를 보았다.

"무서우면 남아 있어."

"웃기지 마."

도래오도 계단을 내려섰다. 하지만 우르릉 천둥소리가 나자 바로 묘지은한테 철썩 달라붙었다. 쏴아! 소나기가 다시 세차게 떨어졌다.

오뚝이는 계단을 아주 빠르게 내려갔다. 계단 끝으로 가서 덱데굴 구르고, 구석에 박혀 멈추면 다시 기우뚱기우뚱 계단 끝으로 가 다시 덱데굴 굴렀다. 놓치지 않고 따라가려면 계단을 뛰어 내려가야 했다.

그러지 않아도 후텁지근한 날씨였다. 이마에서 땀이 뚝뚝 떨어졌다. 내려가도 내려가도 자꾸 다음 계단이 나왔다. 왜 끝이 안 날까? 게다가 언제부터인가 점점 어두워지는가 싶더니 아예 캄캄해졌다. 놀라서 되돌아가려 했지만, 갑자기 없던 벽이 생겨났다. 올라가는 길은 막혀 있었다.

"계단이 사라졌어."

묘지은이 소리쳤다. 도래오가 앞을 더듬거렸다.

"벽? 왜 벽이야? 분명히……."

우유주가 다급하게 말했다.

"문이 있어."

하지만 문은 아무리 잡아당겨도 덜컹거리기만 할 뿐 열리지 않았다. 이제 길은 하나였다. 내려가는 수밖에 없었다.

우유주가 핸드폰 손전등을 켰다. 도래오가 숨을 헐떡이며 묘지은한테 손을 내밀었다. 묘지은은 도래오 손을 꼭 잡았다. 손이 땀으로 축축했다.

"괜찮아, 괜찮아."

뺨에 닿은 공기가 서늘했다. 발끝으로 더듬으며 한 계단 한 계단 내려가는데, 어디선가 섬찟한 소리가 들려왔다.

히이!

기우뚱

기우뚱

기우뚱

너도 감기

우유주가 소스라치며 핸드폰을 떨어트렸다. 손전등이 꺼지고 주위가 새까매졌다. 뒷걸음치던 도래오가 핸드폰을 주으려던 우유주와 부딪쳤다. 앞으로 나아가던 묘지은은 두 사람에게 발이 걸려 쓰러졌다. 셋은 이리저리 얽혀 바닥을 굴렀다.

겨우 고개를 든 세 사람의 귀에 다시 소리가 들렸다.

히이!

귀신이 부는 휘파람 소리 같았다. 도래오가 헐떡였다. 도래오는 긴장하면 숨을 제대로 쉬지 못했다. 묘지은은 도래오 등을 쓸어내렸다. 그때 무언가가 콜록콜록 기침 소리를 내며 도래오 발목을 스쳐 지나갔다. 도래오가 놀라 펄쩍 뛰었다.

"뭐야!"

어둠이 익숙해졌는지 어른어른 무언가 눈에 잡혔다. 오뚝이였다.

"저게 그거야?"

우유주가 기우뚱거리며 나아가는 오뚝이를 정확하게 가리켰다. 오뚝이가 보이는 모양이었다.

"응. 따라가자."

묘지은이 대답했다. 그런데 그때 다시 소리가 들렸다.

히이!

아이들은 멈칫했다. 그러나 조마구를 찾으려면 오뚝이를 따라가야 했다.

앞으로 나아갈수록 조금씩 어둠이 가셨다. 이윽고 높은 곳에 뚫린 작은 창문이 보였다. 창문에는 창살이 달려 있었고 한 줌 빛이 들어오고 있었다. 그 아래 누군가 벽에 기대앉아 있었다.

앞치마를 두른 조그만 여자아이였다. 그 애는 왼손을 들고 공중에 그림을 그리듯이 느리게 팔을 움직이다가, 입을 오므리고 소리를 냈다. 파리한 얼굴이 유령 같았다.

히이!

도래오와 우유주가 흠칫하는 게 느껴졌다. 하지만 묘지은은 이상하게도 그 애가 무섭지 않았다.

"뭐 해?"

묘지은이 묻자 아이가 쉰 목소리로 되물었다.

"볼래?"

아이는 위험해 보이기는커녕 일어설 힘도 없어 보였다. 아이가 손을 까딱까딱 움직였다.

"저 호랑지빠귀를 이렇게 손에 쥐고…… 움직이는 거야."

창밖으로 나뭇가지에 앉은 새가 보였다. 새가 퍼덕거리

자 아이 손이 따라 흔들렸다.

"이것 봐. 날아라 하면 날고, 앉아라 하면 앉는다."

왜 저러는 걸까? 새가 움직이는 대로 손을 따라 움직였으면서, 왜 자기가 새를 움직이는 것처럼 굴까? 묘지은은 무심코 생각하다 문득 깨달았다. 기운이 없어서 저러고 노는구나. 할 수 있는 게 저것밖에 없어서. 그래도 목소리는 단단했고, 새를 움직이는 손짓은 가뿐했다.

콜록콜록, 다시 기침이 터져 나오자 아이 손에 힘이 빠졌다. 그사이 호랑지빠귀가 날아갔다.

"새는 좋겠다. 저리 마음대로 날아다니고. 난 꼼짝 못 하고 갇혀 있는데."

아이가 가쁘게 숨을 몰아 쉬더니 이쪽을 보았다. 묘지은은 놀랐다. 아픈 사람 같지 않게 굳센 눈빛이었다.

"너희도 돌림감기 걸렸어? 입싸개까지 했네……."

도래오와 우유주가 차례로 대답했다.

"난 안 걸렸는데."

"우린 아무도 안 걸렸어. 근데 입싸개? 아, 마스크 말이구나."

벽에 기댄 아이가 이상하다는 듯 보았다.

"세상천지가 감기인데, 어찌 그리 다 멀쩡해? 멀쩡한데 어쩌다 여기까지 온 거야?"

묘지은이 한쪽을 가리켰다. 감기 걸린 아이 뒤에서 부스스 몸을 일으키는 애를.

"쟤 찾으러 왔어."

과학 선생님 말이 맞았다. 오뚝이가 조마구를 찾아냈다.

요괴의 집

"조마구! 괜찮아? 감기 안 옮았어?"

"기침 안 나? 열 안 나?"

우유주와 도래오가 질문을 쏟아냈다.

"나 괜찮은데? 기침? 열? 하나도 안 난다."

조마구는 조금 어리둥절한 것 같았다. 묘지은은 챙겨 온 마스크를 조마구한테 던졌다. 만나기만 하면 오뚝이 일을 따져 물으려고 했지만, 막상 조마구 얼굴을 보니 걱정부터 되었다.

"네 거야 조마구. 그거 써."

조마구가 포장을 찢고 마스크를 꺼내 썼다.

"근데 묘지은아, 진짜 나 찾으러 온 거냐?"

도래오가 퉁명스레 말했다.

"그럼, 우리가 여길 왜 왔겠냐? 별거 아닌 거 가지고 삐져선 사라지기나 하고."

"별게 아니긴 뭐가 별게 아니냐! 그리고 삐진 거 아니다. 증거 찾으러……."

"여기 증거가 있어?"

묘지은은 두리번거렸다. 여기가 어딘지 궁금했다.

"없다. 나침반이 엉뚱한 곳으로 데리고 왔다."

조마구가 풀 죽은 목소리로 대답하자, 도래오가 손을 번쩍 들었다.

"나 질문. 여기가 어디야? 쟤는 누구고?"

"여기?"

조마구의 새까만 눈동자가 반들거렸다.

"요괴의 집 지하 창고다."

요괴? 묘지은과 우유주, 도래오의 눈이 딱 마주쳤다.

도래오가 침을 꼴깍 삼켰다.

"우리…… 괜찮은 거야?"

복만이

그때 벽에 기대어 있던 애가 쌕쌕거리며 말했다.

"괜찮아. 나, 복만이야. 복이 많아 복만이. 금방 나아서 여길 나갈 거야. 모두 아무 탈 없이 여길 나갈 거야."

힘은 없어도 자신만만한 목소리였다.

도래오가 어색하게 손을 흔들었다.

"어…… 우린…… 묘지우유조마조마또인데……."

우유주가 나섰다.

"이 말 많은 애는 도래오, 여기 목소리 작은 애는 묘지은, 나는 우유주야. 조마구랑 넷이 다 같은 초등학교에 다녀."

복만이가 다시 기침을 하자 조마구가 대신 소개했다.

"복만이는 열 살. 여기서 일하는 애인데, 감기에 걸려 창고에 갇힌 지 닷새 됐다."

우유주가 놀라 물었다.

"감기 걸렸는데 창고에 가뒀다고?"

복만이가 억울하다는 듯 고개를 저었다.

"감기 걸린 거 아냐. 사레들려서 기침하다가 갇혔어. 사람들이 감기로 하도 죽어 나가니까, 기침만 했다 하면 그냥 가둬 버려. 난 식모살이를 해서 입도 벙긋 못하고 바로 갇혔어. 부엌일해야 하는데 기침한다고."

부엌일? 열 살이라고 했는데? 묘지은은 이해가 되지 않았다. 우유주가 물었다.

"저기, 식모살이가 뭐야?"

조마구가 말했다.

"남의 집에 살면서 밥도 하고 빨래도 하고 청소도 하고 심부름도 하는 거다."

묘지은은 깜짝 놀라 복만이를 보았다. 작은 몸집과 동그란 얼굴은 초등학교 1학년이라고 해도 믿을 것 같았다. 근데 저렇게 작은 애가 그 일을 다 한다고?

'나도 열 살인데…….'

묘지은은 밥을 해 본 적 없었다. 빨래도 마찬가지다. 해본 일이라고는 자기 방 청소랑 심부름이 다였다.

도래오가 복만이 얼굴을 살폈다.

"근데 너 감기 걸린 거 아냐?"

"여기 갇히니까 금방 걸리더라. 감기 걸린 사람을 가둬두는 곳이라 그런가?"

도래오가 분통을 터트렸다.

"아프지도 않은 사람을 억지로 가둬 감기에 걸리게 한 거야? 너무해!"

"그러니까 요괴겠지."

우유주가 날카로운 눈빛으로 주위를 둘러보았다.

"근데 나침반 말이야, 조마구를 왜 이리로 데리고 온 걸까? 가야 할 곳을 알려 주는 나침반이잖아."

그때 끙끙 앓는 소리가 났다. 복만이였다. 열이 오르는지 공벌레처럼 몸을 말고 바들바들 떨고 있었다. 묘지은은 너무나 안타까웠다. 저렇게 아픈데 보살펴 주는 사람도 없이 닷새나 갇혀 있었다니.

"복만이, 많이 아픈 거 같은데……."

묘지은이 소곤거리자 도래오가 고개를 끄덕였다.

"119 부르라고 여기로 데리고 온 거 아냐?"

"여긴 그런 거 없다, 도래오야."

"쥐님이 대한민국 아니랬잖아."

조마구랑 우유주가 차례로 핀잔을 주자 도래오가 발끈했다.

"아깐 쥐님이 틀렸다더니. 병원도 없어? 병원에 데리고 가면 안 돼?"

"병원 있다. 근데 돈 없으면 안 받아 준다."

옥신각신하는 소리가 들렸지만, 묘지은의 눈길은 딴 데

로 가 있었다.

달그락.

웅크린 복만이 등 뒤에서 오뚝이가 고개를 내밀었다.

떨어져라

묘지은이 놀라 숨을 들이켰다. 그 소리에 조마구가 고개를 돌렸다. 조마구는 대뜸 오뚝이를 움켜쥐더니, 얼굴을 바짝 들이대고 녀석을 다그쳤다.

"여기서 뭐 하냐?"

오뚝이가 뭐라 뭐라 옹알거렸다. 마스크 때문인지 소리가 제대로 들리지 않았다. 조마구가 손가락에 침을 바르더니 쓱쓱, 묘지은이 그려 넣은 마스크를 지웠다.

"놀자! 놀자!"

오뚝이가 말했다.

도래오가 움찔하며 묘지은 곁에 찰싹 달라붙었다. 우유주가 눈을 둥그렇게 떴다.

"말도 하네?"

"기침만 하는 줄 알았는데."

도래오 말이 끝나기 무섭게, 오뚝이가 콜록거렸다. 묘지은 입이 한숨을 쉬었다.

"조마구, 저 오뚝이 좀 어떻게 해 봐. 사람 얼굴에 대고 기침해. 우리 반 애들도 재한테 감기 많이 옮았어."

"이상하다. 감기를 왜 옮기냐? 감기 걸리면 못 논다."

조마구가 고개를 갸웃갸웃하더니 짝, 손뼉을 쳤다.

"맞다! 생각 안 났는데, 생각났다!"

조마구가 복만이 앞에 쭈그리고 앉았다. 그러고는 으스대는 표정으로 아이들을 스윽 돌아보더니 복만이한테 오뚝이를 들이밀었다.

복만이가 기침을 터트렸다. 기침이 오뚝이에게 쏟아졌다.

"떨어져라! 떨어져라!"

조마구가 외쳤다. 콜록거리던 복만이가 기침을 멈추자, 콜록! 콜록! 오뚝이가 이어받아 기침을 했다.

조마구가 신난 목소리로 외쳤다.

"떨어졌다!"

조마구가 우쭐댔다.

"어떠냐? 내가 복만이 감기 가져왔다. 이제 복만이는 다 나았다. 묘지은아, 나침반이 이러라고 날 여기 데려온 모양이다."

그때 복만이가 얼굴을 찌푸렸다.

"시끄러워……. 좀 조용히 해."

콜록콜록 기침 소리가 나자, 복만이는 오뚝이가 내는 소리인지 모르고 울상을 했다.

"누가 나한테 감기 옮았어?"

"응! 걱정 마라. 그 대신 네 감기는 다 나았다."

조마구가 씩 웃으며 오뚝이를 주머니에 넣었다.

얼룩덜룩 아가씨

복만이가 목소리를 내 보았다.

"아아! 진짜 안 아파. 감기는 사흘 홍역이라더니."

도래오가 물었다.

"사흘 홍역? 그게 무슨 뜻이야?"

복만이가 대답했다.

"홍역에 걸린 것처럼 아프지만 사흘이면 낫는다고."

"아냐, 이번 감기는 엄청 독해. 불감기야."

"나는 약 먹어도 열흘 넘게 아팠어."

도래오와 우유주가 같이 뭐라고 하자 복만이가 픽 웃었다.

“하긴, 이번 감기 진짜 독하긴 하더라. 그럼 난 복 많은 복만이라서 싹 나은 건가?”

그때 따각따각 소리가 났다. 밖에서 나는 소리였다. 묘지 우유조마조마또는 모두 입을 닫고 창고 구석으로 몸을 숨겼다. 아이들 눈길이 창밖으로 쏠렸다. 누가 다가오고 있었다. 낯선 차림을 한 애였다. 따각거리는 나무 신을 신고, 얼룩덜룩 무늬 있는 긴 원피스에 두꺼운 허리띠를 둘렀다. 그 애가 창가에 쭈그리고 앉아 창살 사이를 들여다보았다.

“기지배야, 기지배야. 살았니, 죽었니?”

그 소리에 복만이가 부스스 일어나 창 아래로 걸어갔다.

“네 아버지도 감기 걸렸단다. 여기서 둘이 만나면, 참말 좋겠다.”

아이가 밉살스레 말했다.

“쫄쫄 굶었으니 배고프지? 이거나 먹어라.”

그러고는 돌이며 쓰레기 뭉치 같은 걸 창문으로 던졌다.

“오늘은 맛이 좀 다를 거다. 이가 부러져도 난 모른다.”

돌아서서 따각따각 걸어가는 아이를 보며 도래오가 짜
증을 냈다.

"쟨 누구야?"

"아가씨."

복만이가 대답했다.

"아가씨? 우리랑 비슷한 나이 아냐?"

"맞아. 아가씨도 열 살이야. 주인어른 조카딸이라 다들
아가씨라고 불러."

주인어른? 요괴를 말하는 걸까? 요괴의 집이랬으니까.
그 얄미운 애는 요괴의 조카딸이고?

조마구가 옆에서 알은체를 했다.

"나 아기 때는 아가씨가 높임말이었다."

우유주가 무언가를 알아챈 듯 따져 물었다.

"아기 때가 언제인데?"

"그때가 지금이다, 우유주야."

"그러니까 지금이 언제인데?"

우유주가 자꾸 묻자, 복만이 표정이 이상해졌다.

"너희들 딴 세상에서 왔어? 어째 그런 걸 물어? 기미년이
잖아. 올해 첫 달에 우리 임금님이 돌아가시고, 셋째 달에
만세 운동이 일어났는데."

복만이 말에 묘지은은 깜짝 놀랐다. 임금님이라고? 우유
주가 중얼거렸다. 기미년, 만세 운동, 들어 본 것 같은데?

도래오가 눈을 둥그렇게 뜨고 물었다.

"진짜?"

"진짜."

복만이가 딱 부러지게 대답했다. 도래오와 묘지은, 우유
주 세 사람의 눈이 마주쳤다.

'또?'

도래오가 입 모양으로 물었다. 묘지은이 고개를 끄덕였
다. 지난번에 나침반을 따라갔을 때도 과거로 갔다. 계단
몇 개를 내려온 것뿐인데, 대체 언제 어느 때로 온 걸까?

아이들 반응이 마음에 안 드는지 복만이가 한마디 더

했다.

"아가씨가 그랬어. 아가씨는 착해. 나한테 거짓말 안 해. 내 친구야."

"친구라고? 근데 왜 그래? 완전 얄밉던데?"

도래오가 비아냥거렸다.

"나한테 잘해 주는 거 들키면 혼나니까 그래. 아가씨, 엄마 아빠가 없어. 이 집에 얹혀사는데, 사람들 안 보는 데선 구박 엄청나게 받아. 얼마나 가엾은지 몰라."

복만이가 창밖에서 날아온 쓰레기를 뒤지며 말했다. 놀랍게도 그 속에서 야무지게 묶은 깨끗한 손수건이 나왔다. 손수건을 풀자 떡 한 덩이가 들어 있었다.

"아가씨 아니었으면 난 못 버텼을 거야."

복만이가 훌쩍 코를 들이마시고는 코 밑을 훔쳤다.

"모두 배고프지? 나눠 먹자."

"아냐. 너 다 먹어."

묘지은이 얼른 말했다. 다른 애들도 빼빼 마른 복만이 걸

빼앗아 먹고 싶지는 않을 거다. 하지만 복만이는 꿋꿋하게 떡을 반으로 쪼갰다.

떡 속에서 뭐가 나왔다. 열쇠였다.

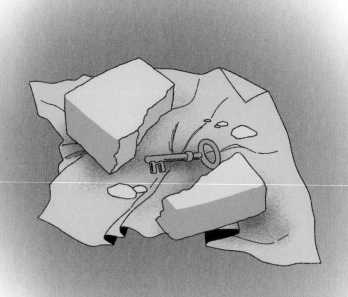

나가자

복만이가 문으로 아이들을 데리고 갔다. 잠겨 있던 문, 갑자기 생겨난 벽에 붙어 있던 바로 그 문이었다.

열쇠 구멍에 열쇠를 꽂자 딱 맞았다. 묘지은은 기대했다. 어쩌면 아이고 계단으로 통하는, 안개초등학교로 돌아가는 길이 열릴지도 모른다고.

"내 말 맞지? 금방 나아서 여길 나갈 거라고 했잖아. 나복 많은 복만이야."

복만이가 씩 웃었다.

"나가자!"

하지만 공기가 달랐다. 손잡이를 밀자, 문이 열리며 차가운 바람이 뺨에 닿았다.

아이고 계단을 내려오기 전에는 여름이었다. 점심시간이 한참 지났고, 소나기가 쏟아지고 있었다. 그런데 여기는 뉘엿뉘엿 해가 저물고 있었고 비가 온 흔적이 없었다. 공기는 싸늘하고 안개가 짙게 깔려 있었다. 안개초등학교를 휘감고 넘실대는 안개 같았다.

복만이는 요괴의 집을 구석구석 훤하게 알았다. 안개도 아이들을 숨겨 주었다. 아이들은 요리조리 사람들 눈을 피해 뒷담 개구멍으로 요괴의 집을 빠져나갔다.

"됐다! 이제 저쪽으로 가면 마을이……."

무너진 담장 뒤에서 복만이가 허리를 펴고 돌아섰다. 복만이가 호기심 어린 눈길로 아이들을 보았다.

"너희들, 신기한 차림이구나."

창고에 있을 땐 어두워 서로의 모습을 제대로 알 수 없었다. 놀란 건 아이들도 마찬가지였다. 도래오가 복만이 얼굴을 보고 중얼거렸다.

"진짜 똑 닮았다……."

복만이가 고개를 갸웃했다.

"누구랑?"

우유주가 묘지은을 보았다. 묘지은이 복만이를 보았다.

"조마구 아기 때 사진이랑."

코에 흉터까지 똑같았다. 복만이가 조마구를 보더니 작게 웃었다.

"쟨 남자잖아? 나랑 하나도

안 닮았는데?"

조마구는 복만이를 뚫어져라 보고 있었다.

혼란스러운 표정이었다.

사람 잡는 감기

"너희도 얼른 집에 가. 이번 감기, 사람 잡는 감기야. 아주 사나워."

복만이는 아빠를 찾으러 갔다. 오뚝이가 귀신같이 튀어나와 복만이 치맛자락에 매달렸지만, 조마구가 잡아다가 다시 주머니에 넣었다. 담장 뒤에 남겨진 아이들은 잠시 어쩔 줄 모르고 서 있었다.

길 한가운데를 소가 수레를 끌고 걸어갔다. 머리를 길게 땋은 남자가 수레를 몰고 있었다. 수레 안에는 사람들이 필통에 든 연필들처럼 길게 누워 있었다. 그 사람들이 기침을 어찌나 하는지 콜록거리는 소리가 바퀴 굴러가는 소리보다 컸다.

"여기가 어딜까?"

도래오가 묻자, 우유주가 안개가 피어오르는 불그스름한 강을 가리켰다.

"저 강, 빨간목욕탕이잖아? 옆은 해골계곡이고."

"안개초등학교가 없잖아. 버드나무도 없고."

"버드나무 저기 있어."

묘지은이 요괴의 집 뒤쪽을 가리켰다. 움푹 패인 구덩이 옆에 쓰러진 버드나무가 보였다.

"아닌데? 묘지, 버드나무 기억 안 나? 이거보다 더 커!"

도래오가 두 팔을 널찍하게 벌려 커다란 둘레를 만들어 보였다. 하지만 묘지은 생각은 달랐다.

"옛날이니까……. 나무 구멍이 똑같아. 껍질 벗겨진 모양도 같고."

"어? 그러네?"

"우리 동네 맞다. 나 아기 때, 아직 학교가 서기도 전이다."

조마구가 말했다. 도래오가 얼굴을 찌푸렸다.

"근데 쥐님이 대한민국 아니랬잖아."

"나라를 빼앗겼을 때니까 그렇지. 우리나라가 아직 대한민국이 되기 전이니까."

"우유주 너, 그거 어떻게 알았어?"

"복만이가 말해 줬잖아. 만세 운동이 일어났던 해라고."

"백 년쯤 전이다, 도래오야."

"뭐어?"

조마구 말에 도래오가 소리쳤다. 머리 땋아 길게 늘어뜨린 남자가 이쪽을 힐끔 보았다. 안개가 짙어 그나마 다행이었다. 그러지 않았다면 사람들 눈길을 한 몸에 받았을 거다. 네 사람은 옷차림부터 여기 사람들하고 달랐다. 우유주가 소곤거렸다.

"어서 가자. 조마구, 나침반 꺼내 봐. 어디로 가야 할지 보자."

조마구가 나침반을 꺼냈다. 빨간 바늘이 빙그르르 돌더니 길 건너 골목을 가리켰다.

묘지은은 발돋움을 했다. 골목 안으로 옹기종기 붙어 선 초가집들이 보였다. 백 년 전이라면 아주아주 옛날은 아니었다. 엄마의 할머니, 왕할머니가 백 살이 넘었다던데……. 묘지은은 조마구를 보았다. 조마구가 왕할머니랑 비슷한 나이라고? 정말로?

"여기 안다! 나 아기 때 살던 곳이다!"

골목으로 달려간 조마구가 반가운 표정으로 손뼉을 쳤다.

"이 집에 기침, 저 집에 기침."

조마구가 콧노래를 흥얼거렸다. 정말 집집마다 기침 소리가 흘러나왔다.

"문 닫아라, 감기 온다. 꼭 닫아라, 감기 간다. 줄지어 온다. 떼 지어 간다."

집집마다 문이 꼭 닫혀 있었다.

"엄마 잡는 감기, 아빠 잡는 감기, 아기 잡는 감기."

한 집을 지나는데 흐느끼는 소리가 났다. 조마구가 그 집
에 달린 하얀 등을 물끄러미 보았다.

"이 집은 세 사람이 잡혔다가, 세 사람이 나갔고."

그러고는 바로 옆집에서 멈춰 섰다. 문이 덜렁덜렁 반쯤
떨어져 나간 집이었다.

"이 집은 세 사람이 잡혔다가, 한 사람이 나갔다."

조마구가 대문을 활짝 열었다.

내 거 맞는데

"여기가 우리 집이다."

조마구가 자신만만하게 집 안으로 들어갔다.

"여기 증거가 있다."

그런데 집은 태풍이 휩쓸고 간 것처럼 엉망이었다. 흙벽이 뻥 뚫려 방 안이 훤히 보였다. 마루가 부서지고 방문은 뜯어졌다. 이불이며 그릇 같은 살림살이가 죄다 쏟아져 나와 마당에 뒹굴고 있었다.

조마구가 씩씩거렸다.

"누가 집을 이렇게 어질러 놓았나? 찾아서 혼을 내 줘야

겠다."

묘지은은 걱정스러운 눈길로 난장판이 된 집 안을 살폈다. 이런 곳에 증거가 있긴 있을까? 있다 해도 무슨 수로 찾을까?

그때 조마구가 주머니에서 오뚝이를 꺼냈다. 오뚝이는 달그락달그락 마당에 널부러진 물건들 사이를 요리조리 비집고 가더니, 자기랑 똑같이 생긴 오뚝이를 찾아냈다. 도래오가 감탄했다.

"우와, 진짜 있었네!"

하나는 색깔 없는 오뚝이, 하나는 노르스름한 몸에 뺨에 빨간 칠을 한 오뚝이. 어느 쪽이 진짜인지는 바로 알 수 있었다. 흑백 오뚝이의 고개가 빙그르르 돌아 묘지은을 보았다. 그러다 다시 빙그르르 돌더니 흔들흔들 나아가며 노란 오뚝이를 툭 쳤다. 노란 오뚝이가 기우뚱했다. 그리고 두 오뚝이가 동시에 크게 기우뚱하며 다시 부딪친 순간 딱 소리가 나며 하나가 되었다.

조마구가 하나가 된 오뚝이 인형을 들어 올리며 소리쳤다.

"봐라, 내 인형이다! 맞지? 내 말 맞지?"

그때 누군가가 뒤뜰에서 나왔다.

"누가 남의 집에서 시끄럽게 구는 거야?"

앞치마를 두른 빼빼 마른 아이, 복만이였다.

"너희들…… 우리 집에 왜 왔어?"

눈을 깜빡이던 복만이가 조마구 손에 들린 오뚝이 인형을 보고 반가운 표정으로 달려왔다.

"그 오뚝이, 어디서 찾았어?"

복만이가 조마구 손에서 오뚝이를 채어 갔다.

"나 어릴 때 갖고 놀던 인형인데."

"잃어버린 줄 알았는데, 찾아서 다행이다!"

오뚝이까지 들고 활짝 웃으니까, 복만이가 사진 속 아이랑 더 닮은 것 같았다. 우유주와 도래오도 그걸 느낀 모양이었다.

우유주가 조마구에게 물었다.

"어떻게 된 거야?"

도래오가 조마구를 놀렸다.

"그러게, 너 정체가 뭐냐?"

묘지은은 풀 죽은 조마구를 보았다.

조마구 집이랬는데 복만이 집이다.

조마구 오뚝이랬는데 복만이 오뚝이다.

조마구 사진이랬는데 복만이 사진이다.

우리 집이라고 생각했는데 우리 집이 아니라면?

나라고 생각했는데 내가 아니라면?

조마구는 먹이를 빼앗긴 포실이 같았다. 대체 어떤 기분일까? 묘지은은 심장이 죄어드는 느낌이었다. 온 세상에서 쫓겨난 것 같은 기분, 속상하고 막막하고 외로울 것 같았다.

오뚝이를 이리저리 돌려보던 복만이가 그제야 떠오른 듯 물었다.

"너희들 근데, 여기 왜 왔어?"

조마구는 계속 중얼거리고 있었다.

"나 맞는데…… . 내 거 맞는데……."

묘지은은 조마구를 돕고 싶었다.

"그 오뚝이 때문에. 조마구가 어릴 때 갖고 놀던 인형이
랑 똑같거든."

복만이가 오뚝이 인형을 뒤로 숨겼다.

"싫어. 소중한 인형이야."

그래 보였다. 하지만 그건 조마구한테도 소중한 인형이
었다. 묘지은은 어떻게든 방법을 찾고 싶었다.

"아빠는 찾았어?"

복만이가 시무룩한 표정으로 고개를 저었다.

"아직."

"우리가 아빠 찾는 거 도와줄게. 그 대신 조마구한테 인
형 주면 안 돼?"

조마구가 달려와 묘지은을 꼭 껴안았다.

뭘 잘못했다고

복만이 아버지는 농사를 지었다. 요괴한테 땅을 다 빼앗긴 뒤부터는 땅을 빌려서 일했다. 땅값을 주고 나면 아침부터 밤까지 일하고 또 일해도 밥을 굶었다.

그런데 감기로 사람들이 픽픽 쓰러져 나가자 일할 사람이 모자랐다. 논에는 거두지 못한 곡식이 그대로 있었다. 아버지는 이제 잠도 못 자고 일했다. 복만이는 아버지를 도우려고 요괴 집에 식모살이로 들어갔다. 원래는 복만이 엄마가 하던 일이었다. 무시무시한 감기는 복만이 엄마도 하늘나라로 데려갔다.

복만이가 오뚝이 인형을 쥔 손으로 눈가를 벅벅 문질렀다.

"왜 이러는 거야? 우리가 뭘 잘못했다고! 걸핏하면 다 부수고, 잡아 가두고, 매질하고!"

우유주가 몸을 움츠렸다.

"매질? 사람을 때려?"

조마구가 고개를 끄덕였다.

"요괴는 사람을 짐승같이 본다. 줄줄이 묶어 끌고 다닌다. 말로 해도 될 걸 때리고 본다. 길 막았다고 때리고, 더럽다고 때리고, 떨어진 솔잎 한 움큼 주웠다고 때리고, 웃통 벗고 일했다고 때리고, 거지라고 때린다. 옷을 홀랑 벗겨 엉덩이를 때린다."

도래오가 놀라 물었다.

"옷을 벗기고 엉덩이를 때린다고?"

"맞으면 아프다. 제대로 걷지도 못한다. 굴비처럼 줄줄이 묶어 이 동네 저 동네 끌고 다니며 때릴 때도 있다. 사람들 다 본다. 일부러 그러는 거다. 창피 주는 거다."

복만이 얼굴이 하얗게 질렸다.

"우리 아부지 어떡하지?"

동네북

묘지은이 복만이 손을 잡았다.

"괜찮아. 복 많은 복만이잖아. 아무 일 없이 아버지를 만날 거야."

그러고는 조마구를 보았다.

"나침반, 잠깐 복만이한테 빌려주자."

"맞아!"

우유주가 묘지은을 향해 엄지를 척 들어 보였다.

"복만이가 나침반을 쥐면 복만이가 가야 할 곳을 알려줄 거야!"

도래오도 호들갑을 떨었다.

"우와! 묘지 천재!"

"묘지은아, 어떻게 그런 생각을 다 했냐?"

조마구까지 감탄하자 묘지은 얼굴이 빨개졌다.

복만이가 나침반을 들자, 제자리에서 뱅뱅 돌던 바늘이 천천히 멈추었다.

아이들은 빨간 바늘이 가리키는 방향으로 나아갔다. 골목골목 돌고 돌아 줄이 늘어선 약방을 지나고, 문을 닫은 우체국을 지나고, 아무도 없는 우물가를 지나갔다. 나침반 바늘이 뱅글뱅글 돌았다. 사람들이 모여 있는 기와집 앞이었다.

수군거리는 소리가 들렸다.

"사람을 어떻게 그리 모질게 때리나."

"저놈들이 언제는 안 그랬어? 동네북도 그렇게 치지는 않겠다."

"참 나, 잡으라는 감기는 못 잡고, 애꿎은 사람만 잡네 그려."

복만이가 울상을 하고 사람들 사이로 끼어들었다.

"잠시만요, 잠시만요! 울 아부지 안에 있어요! 좀 비켜
주세요!"

그때 외치는 소리가 났다.

"아무개 업어 가라!"

흐느끼는 소리도 들려왔다.

"아이고, 아이고."

기와집 쪽문에서 누군가가 울며 나오고 있었다. 머리를
풀어헤친 채 축 늘어진 남자가 등에 업혀 있었는데 정신을
잃은 듯이 고개도 가누지 못했다.

"아부지! 아부지!"

복만이가 정신없이 튀어 나갔다. 그런데 그때였다. 곰 같
은 남자가 복만이 어깨를 잡았다. 복만이가 돌아보자, 남자
는 고개를 저으며 손가락 하나를 입 앞에 세워 보였다. 복만
이는 눈물이 그렁그렁 맺힌 눈으로 남자 품에 푹 안겼다.

"아부지!"

남자는 복만이를 들어 안고 사람들 사이를 빠져나왔다. 두 사람이 모기 같은 소리로 소곤거렸다. 만주, 떠난다, 기차역, 당장, 오늘 밤, 친구, 아가씨, 제발, 약속, 꼭, 이런 말들이 조각조각 들려왔다.

갈림길 앞에서 남자가 복만이를 내려놓았다. 그리고 졸래졸래 따라오던 묘지은과 조마구, 우유주와 도래오를 한 번 훑어보고는, 맨 앞에 서 있던 조마구 머리를 쓱쓱 쓰다듬었다.

"고맙다. 우리 복만이랑 같이 있어 줘서."

그러고 나서 복만이 등을 토닥토닥 두드리더니, 혼자 사람들 속으로 걸어 들어갔다.

묘지우유조마조마또, 출동!

"울 아부지야."

복만이가 말했다.

"날 구해 달아나려고 감기 걸린 척했대."

그런데 나침반 덕분에 여기서 복만이를 만난 것이다.

"우린 만주로 떠날 거야. 오늘 밤 바로."

"만주가 어딘데?"

도래오가 물었다.

"멀어. 저 북쪽에 있는 중국 땅. 기차 타고 밤낮을 꼬박 가야 하는 곳이래. 일자리도 많고 빈 땅도 많아서, 사람들이 쏠쏠하게 갔대. 외삼촌도 거기 계시고.”

복만이가 가슴을 펴고 씩 웃었다.

“역시 복 많은 복만이지? 나 기차 진짜 타 보고 싶었어.”

그러고는 묘지은한테 나침반과 오뚝이 인형을 내밀었다.

“울 아부지가 만들어 준 거니까, 잘 가지고 놀아. 묘지우
유조마조마또라고 했지? 도와줘서 고마워!”

묘지은은 오뚝이랑 나침반을 받아 조마구에게 주었다.

“근데 너는 어디 가? 왜 아빠랑 같이 안 갔어?”

“이따 만날 거야. 난, 아가씨 보러 가야 해.”

조마구가 복만이를 물끄러미 보다가 불쑥 말했다.

“달 없는 밤, 해 없는 낮. 구 척 지네 앞세우고 육 척 요괴
쫓아온다.”

으스스한 표정에 복만이가 흠칫했다.

“요괴가 왜 쫓아와?”

“아이들을 잡아다 지네로 만든다.”

복만이가 웃었다.

"사람이 어떻게 지네가 돼?"

하지만 조마구는 따라 웃지 않았다.

"된다."

도래오가 침을 꼴깍 삼키며 물었다.

"진짜로?"

조마구가 고개를 끄덕였다.

묘지은과 우유주, 도래오, 세 사람은 굳은 표정으로 눈을 맞추었다. 그러나 복만이는 조마구 말을 믿지 않았다.

"말도 안 돼. 그런 게 어딨어? 난 가야 해. 약속했다고."

복만이는 아가씨의 엄마랑 약속했다고 했다. 언젠가 여기를 떠나게 되면, 아가씨한테 같이 가자고 꼭 말하겠다고. 아가씨 엄마는 감기에 걸려 한참을 방에 갇혀 있었다고 했다.

"그때 마을 사람 절반이 죽었어."

그 방에 들어가려다 아가씨는 창고에 갇혔다. 아무도 아가씨 엄마를 돌보지 않았다. 그때 아가씨 엄마를 돌본 사람이 복만이였다. 요괴가 시켜서 한 일이었지만 그것 때문

만은 아니었다. 자기 엄마 생각이 나서였다. 아가씨 엄마는 결국 딸 얼굴도 보지 못하고 하늘나라로 갔다.

오래전에 아빠를 잃은 아가씨는 엄마마저 잃고 고아가 되었다. 요괴는 그때부터 대놓고 아가씨를 구박했다. 사람들이 보지 않을 때는 매질도 아무렇지 않게 했다.

아가씨가 매를 맞으면 복만이가 약을 발라 주었다. 복만이가 매를 맞으면 아가씨가 약을 발라 주었다. 두 사람은 어미 잃은 새끼 고양이 두 마리처럼 서로 부둥켜안고 핥아 주며 하루하루를 버텨 냈다.

"아가씨를 두고 갈 순 없어. 나도 없는데 감기라도 걸리면, 아가씨도 아가씨 엄마처럼 되고 말 거야."

우유주가 말했다.

"나도 갈래."

우유주가 묘지은과 도래오, 조마구를 돌아보았다.

"복만이 아니었으면 우리도 거기 갇혀 있어야 했어."

우유주 말이 맞았다. 묘지은은 곧장 대답했다.

"좋아. 묘지, 준비 끝."

도래오도 어깨를 으쓱하더니 한 발 앞으로 나섰다.

"또, 준비 끝. 각자 지네 잡을 막대기 하나씩 챙겨 가자."

"좋아. 우유도 준비 끝. 조마구 넌?"

조마구가 새침한 표정으로 고개를 저었다.

"나는 안 간다."

"뭐? 왜 안 가!"

"네가 빠지면 어떡해!"

도래오와 우유주, 묘지은이 입 모아 소리치자, 조마구가 씩 웃었다.

"그렇지? 너희들, 나 없으면 안 된다. 안 그러냐?"

조마구가 손을 번쩍 들었다.

"조마조마, 준비 끝. 묘지우유조마조마또, 출동!"

도래오가 심각한 표정으로 묘지은을 보았다.

"다음에 또 저러면 두고 가자. 묘지우유또 출동! 괜찮지 않아?"

지네

요괴의 집 뒷마당은 안개초등학교 뒷마당 같았다. 아직 해가 남아 있는 데도 땅거미가 짙게 내려앉아 어둑어둑하고 음침했다.

뒷마당을 둘러싼 담장 밑, 버드나무가 쓰러진 곳에 묘지은, 조마구, 우유주, 도래오 그리고 복만이가 쭈그리고 앉아 있었다.

"히이!"

복만이가 호랑지빠귀 소리를 냈다. 지하 창고에 처음 들어갔을 때 들은 새소리였다. 그러는 동안 나머지 아이들은 지네가 나타날까 봐 눈을 부릅뜨고 바닥을 살폈다. 하지만 개미랑 공벌레, 지렁이 몇 마리만 보일 뿐이었다.

"히이!"

한 열 번쯤 소리를 내자, 누군가 개구멍으로 나왔다. 아가씨였다.

"왜 왔어? 겨우 풀어 줬더니."

아가씨가 쌀쌀맞은 투로 말했다. 하지만 표정에는 걱정이 가득했다. 묘지은은 복만이가 왜 약속을 지키고 싶어 했는지 알 것 같았다.

'사람들 안 보는 데선 구박 엄청나게 받아.'

아가씨 몸은 여기저기 멍으로 얼룩덜룩했다. 새로 난 멍도 있고 오래된 멍도 있다. 종아리에는 회초리 자국이 보였다. 딱지가 앉은 상처 밑에는 흉터도 있었다.

복만이가 말했다.

"아부지랑 나, 오늘 밤 만주로 가. 같이 가자."

아가씨가 흠칫했다. 그러나 아가씨는 고개를 저었다.

"왜? 같이 가지."

우유주가 안타까운 듯 두 주먹을 꾹 쥐었다. 유주도 상처를 본 게 틀림없었다.

"요괴한테 잡힐까 봐 무서우냐? 나 힘세다!"

조마구가 보란 듯이 뿌리채 뽑혀 쓰러진 버드나무를 번쩍 들었다.

"진짜 장사로구나!"

아가씨가 눈을 휘둥그레 떴다.

"있잖아, 나무를 제자리에 세워 줄 테야?"

조마구가 옆 구덩이에다 나무를 세우자 아가씨가 버드나무 밑에 쭈그리고 앉아 뿌리 쪽에 흙을 쌓아올리기 시작했다. 복만이도 곁에 앉아 흙을 쌓았다. 묘지은도 도래오도 우유주도 보고만 있지 않았다. 뿌리를 덮고 다 같이 도톰하게 쌓아 올린 흙을 발로 꾹꾹 밟았다.

"고마워. 덕분에 버들 도령이 살았어. 어머니가 기뻐하겠다. 이 나무 참 좋아했거든. 아무렇게나 꺾어 아무 데나 심

어도 잘 자라는 튼튼한 나무라고. 버들 도령이란 이름도 어머니가 붙여 준 거야."

아가씨가 조마구한테 꾸벅 머리 숙여 인사했다. 그러고는 복만이를 보았다.

"복만아, 나는 못 가."

"왜?"

복만이가 한 걸음 다가가자, 아가씨가 두 걸음 물러났다. 아가씨가 소매로 입을 가렸다. 기침이 터져 나왔다. 아가씨는 소나기처럼 기침을 토해 내더니 입가를 닦았다.

"기차 안에 있는 사람한테 몽땅 옮기고 말 거야. 그러니까 못 가."

아가씨가 고개를 숙인 채 뒷걸음쳤다.

그때였다. 까랑까랑한 목소리가 담장을 넘어왔다.

"누구야! 기침 소리가 났는데! 깡그리 잡아들였는데, 돌림감기에 걸린 것이 여기 또 있구나!"

복만이가 바짝 긴장했다.

"주인어른이다."

주인어른이라면, 요괴? 묘지은과 우유주, 도래오가 서로 바라보았다.

달아나야 하나? 달아나면 복만이는? 아가씨는?

우물쭈물하는 사이에 뒷문이 열렸다.

삐걱.

어떡하지? 지금이라도 달아나야 하나? 아이들이 이러지도 저러지도 못하고 있는데, 조마구가 일어났다.

"버들 도령 위로 올라가자."

묘지은은 놀라 물었다.

"이 나무에? 우리 모두?"

"괜찮을까?"

도래오가 걱정스러운 표정으로 버드나무를 올려다보았다. 안개초등학교 공동묘지에 있는 그 버드나무라면 모를까, 버들 도령은 아직 그만큼 안 컸다. 여섯 명 모두 올라가다니. 묘지은이 생각하기에도 말이 안 되었다. 하지만 조마구는 그대로 아이들을 번쩍번쩍 들어 나무 위로 던졌다. 그러고는 자기도 폴짝 뛰어 버드나무에 매달렸다가 다람쥐처럼 잽싸게 나무를 타고 올라왔다.

놀랍게도 가녀린 버들 도령은 아이 여섯 명을 앉히고도 거뜬히 버텨 냈다.

조마구가 소곤댔다.

"지네다."

아이들은 숨을 들이켰다. 발이 줄줄이 달린 거대한 지네가 뒷문에서 굼실굼실 기어 나오고 있었다.

부서진 오뚝이

지네는 믿을 수 없을 만큼 컸다. 등불처럼 활활 타오르는 두 눈에 키는 담장만 하고 길이는 시소만큼 기다랬다. 심지어 눈물을 뚝뚝 흘리며 콜록콜록 기침까지 하는 게 사람 같았다. 그래서 더 기괴했다. 아이들은 서로 손을 꼭 잡았다. 그것 말고는 할 수 있는 게 없었다.

그러나 뒷문에서 나온 건 지네만이 아니었다. 지네 뒤에서 고함이 들렸다.

"빨리 가라, 빨리 가!"

찰싹찰싹, 누군가가 지네한테 회초리를 휘두르고 있었

다. 묘지은은 꼴깍 침을 삼켰다.

'요괴다.'

무시무시한 지네를 아무렇지도 않게 때리는 걸 보면 요괴가 분명했다.

회초리를 맞을 때마다 지네는 몸을 비틀며 훅훅 나아갔다. 그렇게 순식간에 버들 도령한테서 몇 발도 떨어지지 않은 곳까지 다가왔다.

가까이서 지네를 본 묘지은은 입을 틀어막았다. 지네 마디마디마다 얼굴이 하나씩 동그랗게 붙어 있었다. 모두 아이들 얼굴이었다. 콜록콜록 기침 소리는 그 아이들이 내는 소리였다. 너무나 섬뜩했다.

'아이들을 잡아다 지네로 만든다.'

묘지은은 조마구 말을 떠올렸다. 저 아이들은 모두 그렇게 지네가 된 아이들일까?

요괴가 회초리로 땅바닥을 드드드득 긁으며 나무 밑으로 다가왔다.

"땅으로 꺼졌나, 하늘로 솟았나? 분명히 들었는데, 어딜 갔나? 그새 달아나지는 못했을 텐데."

아이들은 이제 숨조차 제대로 쉬지 못했다. 그때였다. 누가 움찔거리는 느낌이 났다. 묘지은은 옆을 보았다. 아가씨가 입을 틀어막고 어쩔 줄 몰라 하고 있었다. 제발, 제발, 묘지은은 애를 태웠다. 하지만 결국 기침이 터져 나왔다.

콜록!

묘지은은 아가씨를 보았다. 아가씨가 고개를 세차게 저었다.

콜록!

또 기침 소리가 났다. 그런데 옆이 아니라 아래에서 들렸다. 버들 장수 저쪽, 담장 밑이었다.

'저긴 그냥 땅바닥인데…… 응?'

언제 밖으로 나왔을까, 나무 밑에 오뚝이가 서 있었다.

콜록! 콜록!

기침 소리를 듣고 다가온 요괴가 오뚝이를 보았다.

"재수 없게."

요괴는 얼굴을 잔뜩 찌푸리며 오뚝이를 그대로 밟아 버렸다.

와자작. 오뚝이가 깨져 나갔다.

"앗!"

놀란 복만이가 자기도 모르게 소리를 흘렸다. 뒤늦게 입을 막았지만 소리는 새어 나간 뒤였다. 하지만 들릴 듯 말 듯 아주 작은 소리였다. 요괴는 오뚝이를 밟은 채 가만히 서 있었다. 못 들었나? 묘지은이 그렇게 생각한 순간, 요괴가 고개를 쭉 뽑아 들었다.

"거기 있었구나."

요괴가 나무 위를 올려다보며 이가 다 드러나도록 활짝 웃었다. 그러고는 바로 뒤를 돌아 호루라기를 불었다.

삑! 삑!

타다다다닥 타다다다닥, 담장 안에서 발소리가 들리는가 싶더니 뒷문에서 번뜩이는 칼을 든 요괴들이 쏟아져 나왔다.

아가씨가 다급하게 소리쳤다.

"삼촌!"

그제야 아가씨를 본 요괴가 놀라 물었다.

"후쿠코? 너, 거기서 뭐 하는 거냐?"

아가씨는 아이들을 돌아보며 입 모양으로 인사했다.

'안녕.'

그러고는 그대로 나무 둥치를 잡고 아래로 내려갔다. 요괴가 아가씨의 목덜미를 잡아챘다. 요괴는 머리끝까지 화가 난듯 이를 부득부득 갈았다.

"이것이 거둬 먹인 공도 모르고……. 돌림감기에 걸린 걸 숨겨?"

아가씨 등으로 회초리가 날아왔다.

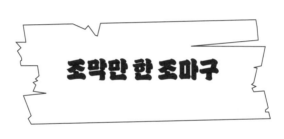

조막만 한 조마구

그런데 그때였다. 어느 새 나무 밑으로 간 조마구가 아가씨를 감쌌다.

찰싹! 회초리가 조마구를 때렸다.

조마구 몸이 불쑥 커졌다.

"조막만 한 조마구. 혼나면 커지지."

요괴가 흠칫하며 다시 회초리를 휘둘렀다.

찰싹! 찰싹! 찰싹!

"커지면 세지지."

조마구는 회초리를 맞을 때마다 커지고, 커지고, 커졌다.

자기 키보다 두 배는 커진 조마구를 보고 요괴가 당황
했다.

"이, 이⋯⋯."

요괴가 나무 밑으로 달아나며 소리쳤다.

"뭐 하는 거냐! 저 녀석을 잡지 않고!"

한쪽에서는 지네가, 반대쪽에서는 몽둥이를 든 요괴들이
조마구에게 달려들었다.

묘지은은 도저히 보고 있을 수가 없었다. 조마구를 도우
려고 나무에서 내려가려는데, 툭! 하얀 천이 나무에서 떨
어졌다.

천은 정확하게 우두머리 요괴의 머리 위로 내려앉았다.
뒤이어 복만이가 우두머리 요괴의 어깨 위로 뛰어내렸다.
천은 복만이 앞치마였다. 복만이는 앞치마에 달린 끈으로
순식간에 우두머리 요괴의 머리를 빙빙 감았다. 그러고는
폴짝 땅 위로 달아났다.

우두머리 요괴는 팔을 내저으며 휘청거렸다. 그러다 돌

부리에 걸려 넘어지며 지네가 있는 쪽으로 쓰러졌다. 다른 요괴들이 우두머리 요괴를 구하려고 달려왔다.

"조막만 한 조마구, 혼나면 커지지. 커지면 세지지. 세지면……."

하지만 조마구는 요괴가 달려들면 달려들수록 커지고 커지고, 세지고 세졌다. 어찌어찌 앞치마를 풀어헤친 우두머리는 그 모습을 보고 달아나려 했지만 늦었다.

"한입에 꿀꺽!"

조마구가 입을 쩍 벌리고 우두머리까지 꿀꺽, 요괴란 요괴는 몽땅 삼켜 버렸다.

"방해꾼은 다 치웠다. 이제 놀자! 놀자!"

조마구가 바닥에 떨어진 회초리를 주워 들고는 지네한
테로 다가갔다. 지네 앞에서 회초리를 흔들자 지네가 고분
고분 조마구를 따라 움직이기 시작했다. 조마구가 앞으로
가면 앞으로 가고, 뒤로 가면 뒤로 갔다.

"기차놀이 할 사람, 내 앞에 다 붙어라!"

조마구가 소리쳤다. 난데없이 기차놀이라니? 그런데 이
상하게 재미있을 것 같았다. 묘지은과 우유주, 도래오, 복
만이랑 아가씨까지 다 조마구 앞에 서서 기차를 만들었다.

"묘지우유조마조마또 복복 기차 출발!"

기차는 버들 도령을 한 바퀴, 두 바퀴, 세 바퀴 돌았다. 지
네도 한 바퀴, 두 바퀴, 세 바퀴, 버들 도령을 돌았다.

제자리로 돌아온 묘지은은 깜짝 놀랐다. 지네가 사라졌
다. 그 대신 줄에 묶인 아이들이 지네 같은 모양으로 줄줄
이 끈에 묶여 따라오고 있었던 것이다. 그리고 조마구 주위
에 북이며 장구 꽹과리 같은 것들이 흩어져 있었다. 줄에

묶인 아이들은 어쩔 줄 모르고 서로 눈치만 보고 있었다.
도래오가 놀라 물었다.

"지네가 아이들이었던 거야?"

"맞다. 요괴가 사라지자 본 모습으로 돌아온 거다."

우유주가 꽹과리를 주워 들며 물었다.

"이건 어떻게 된 거야?"

"이렇게 된 거다……."

조마구가 캑캑거리다가 작은 북 하나를 토해 냈다.

"요괴들은 북 되고, 장구 되고, 꽹과리 되고, 징 되었다. 때린 것보다 백 배는 더 맞으며 살 거다."

묘지은은 떨어진 작은 북을 집어 들고 손으로 통통 두드렸다.

"진짜로 북이네."

조마구는 묘지은이 들고 있던 북을 복만이한테 주었다.

"이건 너희 집 요괴다. 너 가져라."

복만이가 눈을 끔벅이더니 소곤거렸다.

"진짜 이 북이 주인어른이야?"

"맞다. 그러니까 걱정 마라. 이제 주인도 아니고 어른도 아니다."

조마구가 명랑한 목소리로 대답하고는 줄에 묶인 아이들 쪽으로 돌아섰다. 후쿠코가 줄에 묶인 아이들을 풀어 주고 있었다.

콜록콜록, 아이 한 명이 기침을 했다. 아이가 겁먹은 표정을 짓자 후쿠코가 부드럽게 말했다.

"괜찮아."

"안 때려?"

후쿠코가 고개를 젓다 기침을 했다.

"나도 감기에 걸렸는걸."

그 말에 여기저기서 기침이 터져 나왔다. 줄에 묶인 아이들은 모두 감기 걸린 아이들이었다. 요괴는 아무도 돌보지 않는 아이들을 몽땅 잡아다가 줄줄이 묶어 지네로 만들어 끌고 다녔다. 아이들은 요괴가 때릴까 봐 억지로 기침을 참

았던 거다.

그때였다. 조마구가 마스크를 홀랑 벗더니 기침하는 아이들 사이로 고개를 들이밀었다.

"떨어져라! 떨어져라! 다 떨어져라!"

쏟아지는 기침을 고스란히 받으며 조마구가 신난 목소리로 외쳤다.

"떨어졌다! 떨어졌다! 다 떨어졌다!"

아이들 사이에서 나오던 기침이 뚝 멎었다. 그 대신 조마구가 콜록거리기 시작했다. 조마구가 벗어 둔 마스크를 다시 끼며 우쭐댔다.

"어떠냐? 내가 얘들 감기 다 가져왔다. 이제 얘들은 다 나았다."

묘지은 얼굴이 빨개졌다.

"이 바보야!"

조마구가 어리둥절한 표정을 지었다.

"내가 왜 바보냐?"

도래오가 기가 막힌다는 듯 대꾸했다.

"네가 감기에 걸렸으니까 그렇지."

우유주가 한숨을 쉬었다.

"감기 옮지 말라고 마스크까지 챙겨 왔는데."

조마구가 눈을 반짝이며 물었다.

"지금 나 걱정하는 거냐? 괜찮다. 난 끄떡없다. 나한테 들어온 감기는 안 나간다. 아무한테도 안 옮는다."

조마구는 뻔뻔하게 대꾸하고는 아이들한테 북과 장구, 꽹과리를 나누어 주었다. 그러고는 복만이랑 후쿠코를 앞세우고 통통 작은 북을 치며 버들 도령 주위를 돌기 시작했다.

"이제 놀자!"

처음엔 쭈뼛거리던 아이들도 받아 든 놀잇감을 두드리며 조마구 뒤를 따라갔다. 도래오도, 우유주도, 묘지은도 손뼉을 치며 따라갔다.

아이들은 웃는 건지 우는 건지 알 수 없는 표정으로 팔을

휘둘렀다. 노는 건지 화내는 건지 알 수 없는 몸짓이었다. 어쩌면 억울한 마음만큼, 속상한 만큼, 상처 입은 만큼, 속이 풀릴 때까지 때리는 건지도 몰랐다. 아이들은 때리고 또 때렸다. 북을 때리고 장구를 때리고 꽹과리를 때렸다.

쿵, 둥, 꽹꽹. 쿵쿵! 둥짝! 쿵꽹, 짝쿵꽹!

어울리지 않는 소리가 시끄럽게 울려 퍼졌다. 맨 뒤에서 가던 묘지은 귀에 문득 다른 소리가 들렸다. 두드리고 때리고 치는 소리 속에서 들릴 듯 말 듯 달그락달그락. 묘지은은 소리가 나는 곳을 내려다보았다.

달그락달그락.

오뚝이가 묘지은 옷소매에 매달려 있었다.

사진에서 나온 회색 오뚝이였다. 진짜 오뚝이가 깨지자 저절로 떨어져 나온 모양이었다.

묘지은은 오뚝이를 가만히 떼어 내 주머니에 넣었다.

기다렸어?

풀려난 아이들은 저마다 어디론가 떠나고, 남은 아이들은 부서진 오뚝이를 한 조각 한 조각 정성껏 모아 버들 도령 밑에 묻었다. 복만이가 흙을 덮으며 물었다.

"근데 복복 기차가 뭐야?"

기차놀이 할 때 조마구가 한 말이었다.

'묘지우유조마조마또 복복 기차 출발!'

묘지은도 '복복'이 뭔지 궁금했다. 우유주가 물었다.

"복은 복만이의 복인 것 같은데, 왜 복이 두 개야?"

조마구가 후쿠코를 가리켰다.

"쟤 이름에 '복'자가 들어간다."

도래오가 이상하다는 듯 물었다.

"아가씨 이름은 후쿠코인데?"

그때 후쿠코가 빙긋 웃었다.

"후쿠코를 조선말로 하면 '복자'야. 복 많은 아이란 뜻이지."

복만이가 후쿠코 손을 꼭 잡았다.

"어때? 복만이, 복자. 우리 자매 같지?"

남은 아이들도 이제 헤어질 때가 되었다.

"같이 가 줄까?"

우유주가 물었다.

복복 자매가 눈을 맞추더니 고개를 저었다.

"몰려다니면 눈에 띌 것 같아. 둘이 갈게. 이제 뭐든 둘이서 해내야 해."

복만이와 복자는 손을 꼭 잡고 기차역으로 갔다. 무사히 만주행 기차를 탈 수 있기를 빌며, 묘지우유조마조마또는

두 사람을 배웅했다.

이제 묘지우유조마조마또가 돌아갈 차례였다.

우유주가 말했다.

"왔던 길로 돌아가라는 건가?"

"조마구, 증거 못 찾았는데 그냥 가도 되냐?"

도래오가 깐족거리자 조마구는 별일 아니라는 듯 대꾸
했다.

"된다."

묘지은은 조마구를 보았다. 무슨 생각을 하는 걸까? 속
을 알 수 없는 표정이었다.

'조마구…… 괜찮을까?'

조마구는 잠자코 아이들을 따라왔다. 창고로 들어가서,
어두컴컴한 계단을 거쳐, 아이고 계단을 밟을 때까지 한마
디도 하지 않았다.

묘지은은 꺼림칙하기만 하던 칠 벗겨진 파란 계단이 반
가워서 눈물이 날 것 같았다. 그런데 그 계단 끝에 무시무

시한 얼굴이 기다리고 있을 줄이야!

"어딜 가면 간다고 말을 하라고 한 것 같은데?"

깜빡이는 조명 아래 서서 과학 선생님이 아이들을 기다리고 있었다. 도래오가 화살을 조마구한테 돌렸다.

"맞아, 조마구! 그렇게 멀리 가 버리면 어떡해! 우리가 너 얼마나 기다렸는데!"

그런데 조마구는 어쩐지 기쁜 표정이었다.

"날 기다렸어?"

우유주와 도래오가 어이없다는 듯 타박했다.

"니가 기다리랬잖아!"

"너 같으면 안 기다리겠냐?"

조마구는 한 번도 생각해 본 적 없는 질문을 받은 것처럼 눈을 끔뻑이다, 천천히 고개를 끄덕였다.

"기다린다."

과학 선생님이 어쩔 수 없다는 듯 피식 웃었다.

"안개문구에 슬러시 기계 새로 들어왔던데, 먹으러 갈

사람?"

"저요!"

묘지은 입이 맨 먼저 대답했다.

물감기

    학교에는 이번 감기가 물감기란 소문이 돌았다. 감기 걸린 아이들이 별로 아프지도 않고 금방 나았기 때문이었다. 그런데 그럴 수밖에. 묘지은은 이제 알았다. 오뚝이가 멀쩡한 아이들한테 감기를 옮긴 게 아니라, 감기 걸린 아이들한테서 감기를 가져갔다는 걸.

    오뚝이를 교실에 꺼내 놓자, 오뚝이는 묘지은을 한 번, 조마구를 한 번 올려다보았다. 그러고는 기우뚱기우뚱 조마구가 가지고 온 사진 속으로 다시 들어갔다.

    묘지우유조마조마또는 머리를 맞대고 사진을 살폈다.

"애는 확실히 복만이야."

우유주가 판결이라도 내리듯 딱 잘라 말했다.

"조마구가 착각했네, 착각했어. 근데 이 오뚝이, 조마구랑 닮지 않았어?"

도래오가 불쑥 물었다. 묘지은은 처음부터 그렇게 생각했다.

"오뚝이 기침 소리, 조마구 기침 소리랑 닮았어."

감기를 가져가는 것도 오뚝이랑 똑같았다.

우유주가 조마구를 보았다.

"진짜로 완전 변태 한 건가?"

도래오가 여태 교실 앞에 놓여 있는 커다란 번데기 모형을 힐끔 보았다.

"조마구라면 으음, 번데기 때는 저만 했으려나?"

그러고는 짐짓 심각한 표정으로 조마구를 보더니, 어깨를 툭툭 두드렸다.

"괜찮아. 네가 뭐든, 우리 우정은 변함없으니까."

도래오가 메롱 혀를 내밀었다.

"완전 변태 조마구."

조마구가 달려들자, 꽁지에 불붙은 듯 도래오가 냉큼 달
아났다.

에필로그

그날 밤, 공동묘지에 손님이 찾아왔다.

키가 작고 까무잡잡한 아이가 새까만 눈동자를 빛내며 흙을 봉긋하게 쌓아 올렸다. 그러더니 버들잎 하나를 맨 위에 꽂았다.

"쥐님, 쥐님, 내가 오뚝이야?"

버들잎이 바로 허리를 꺾었다.

(3권에서 계속됩니다.)

예고

❸ 간질간질 빨간 개미

간질간질. 책상 아래 어딘가에서 간질거리는 느낌이 올라왔다. 묘지은은 다리를 들었다. 하지만 아무것도 보이지 않았다. 그때 울먹이는 목소리가 들려왔다.

"선생님, 가방 안에 뭔가 기어 다녀요!"

"야! 아무것도 없잖아."

"있어, 있어. 나, 등에도 뭐가 있는 것 같아!"

빨간 점은 교실 곳곳에 나타났다. 그런데 빨간 점은 점이 아니었다. 느낄 수는 있지만 보이지는 않는 개미, 그건 새빨간 개미였다.

개미가 어디서 나타났을지는 뻔했다. 묘지은은 생각했다. 오늘 당장, 개미들을 왔던 곳으로 돌려보내야 한다. 그리고 이번에 그리 가게 되면, 또 과거로 가게 되면 눈을 크게 뜨고 조마구의 정체를 알아 낼 참이었다. 혼나면 몸이 커지고, 커지면 무엇이든 한 입에 꿀꺽 삼켜 버리는 아이, 눈과 입을 붙였다 떼었다 하는 아이. 조마구의 진짜 모습은 무엇일까?

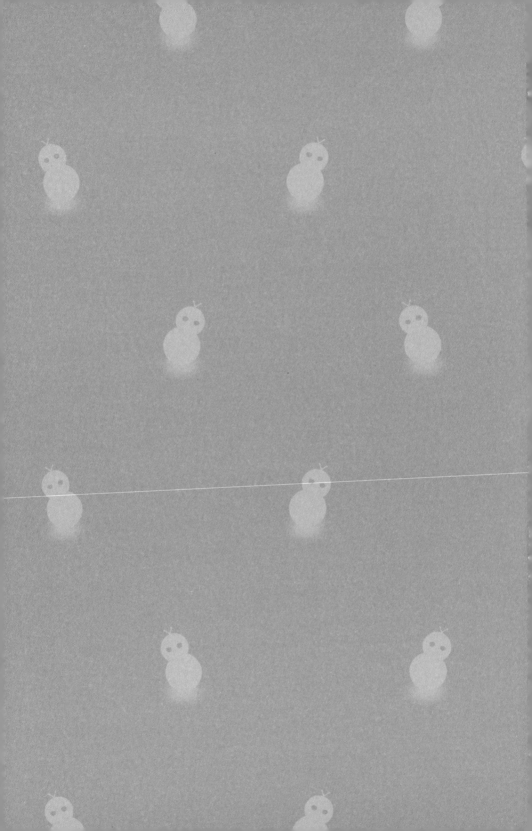